# SCOOBY-DOO!

# Terreur au motel

## Gail Herman
## Illustrations de Duendes del Sur

Texte français de France Gladu

Éditions
SCHOLASTIC

Copyright © 2009 Hanna-Barbera.

SCOOBY-DOO et tous les personnages et éléments qui y sont associés sont des marques de commerce et © de Hanna-Barbera.

WB SHIELD : ™ et © Warner Bros. Entertainment Inc.

(s09)

Copyright © Éditions Scholastic, 2009, pour le texte français. Tous droits réservés.

ISBN-10 0-545-98127-1

ISBN-13 978-0-545-98127-9

Titre original : The Haunted Road Trip

Conception graphique de Michael Massen.

Édition publiée par les Éditions Scholastic, 604, rue King Ouest, Toronto (Ontario)  M5V 1E1.

5  4  3  2  1      Imprimé au Canada      09  10  11  12  13

*Teuf-teuf teuf-teuf...*
La Machine à mystères roule cahin-
caha sur la route.
La bande part à l'aventure.

Tout à coup, le ciel devient
sombre.
   Des éclairs déchirent le ciel.
   Le tonnerre gronde.

— R'oh, r'ah! s'écrie Scooby.

— C'est ça! Holà! dit Sammy.

Un peu plus loin, la route est barrée.

— Nous allons devoir nous arrêter ici, dit Fred.

Fred conduit la fourgonnette jusqu'à un motel en bordure de la route.

Un panneau lumineux clignote : MOTEL DE L'HORREUR.

— Sapristi! dit Sammy. On ne pourrait pas s'arrêter dans un endroit moins… horrible?

— Ce motel a peut-être un nom étrange,
répond Véra, mais il n'y en a pas d'autres dans
les environs.

— Je suis sûr qu'il est parfait, ajoute Fred.
Allons nous reposer.

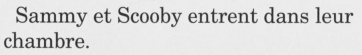

Sammy et Scooby entrent dans leur chambre.

— Il trouve ça *parfait!* s'exclame Sammy. Pas moi!

Le tonnerre secoue les vitres. Vite, Sammy
ferme les rideaux.

— Qu'est-ce qu'on fait maintenant? demande-
t-il à Scooby.

— R'ervice r'aux chambres? suggère Scooby.

— Bonne idée, mon gars, dit Sammy.

Il prend le téléphone pour appeler le service aux chambres.

Il n'y a pas de tonalité.

— R'élé? propose ensuite Scooby.
Sammy allume la télévision.

Un abominable cimetière surgit à l'écran. Des fantômes flottent dans les airs.

— *Cauchemar-athon*, lit Sammy. *Des films d'horreur jour et nuit.* Vite! Changeons de

chaîne! s'écrie-t-il.
   Mais ils n'y arrivent pas.

Rien à manger!
Des monstres à la télé!
Qu'est-ce qui pourrait
être plus effrayant?

*Toc! Toc!*
On frappe soudain à la fenêtre.
Sammy et Scooby aperçoivent un bras squelettique.
*Houououh!*
Un hurlement sinistre se fait entendre.

— Aïe! Sauve qui…
*Clac!*
Tout à coup, les lumières
s'éteignent.

— Euh, restons plutôt ici, finalement, dit Sammy.

Sammy et Scooby se mettent à frissonner.
— R'ammy?
— Ouais, Scooby?
— R'il fait r'oid, ici.

Ils avancent en trébuchant, à la recherche
d'une couverture.

Sammy ouvre un tiroir. À l'intérieur, il trouve
une lampe de poche.

Sammy ouvre la porte d'une armoire.
— Bravo! dit-il. Une couverture!
Il soulève la couverture, mais quelque chose le glace d'effroi…

— Un fantôme!
Sammy et Scooby bondissent sur le lit.

*HOUOUOUH! HOUOUOUH!*
*TOC! TOC!*
Sammy et Scooby se cachent sous la couverture. Autour d'eux, des bruits effrayants retentissent.

Ils ont trop peur d'aller rejoindre le reste de la bande.

Ils ont trop peur de faire autre chose que de s'endormir.

Le lendemain matin, la tempête est passée.

Véra, Fred et Daphné viennent réveiller Sammy et Scooby.

— Hé! cet endroit est hanté! s'exclame Sammy. Partons d'ici!

Et il n'y a que des films d'horreur à la télé, poursuit-il.

Fred secoue la télécommande.

— Elle est cassée, dit-il.

— Mais nous avons entendu des gémissements et des hurlements aussi, dit Sammy.

— Ce n'était que le vent, explique Véra.

Véra ouvre la porte. Un arbre est tombé sur les fils électriques.

— Donc plus de téléphone, ni de lumière, dit Fred.

— Et le squelette à la fenêtre? demande Sammy.

— Ce n'était qu'une branche cassée, répond Daphné. Tu vois?

— Mais il y a un vrai fantôme! Il est là, dans le coin! hurle Sammy.

— C'est un vieux mannequin de couturier, explique Véra. Un représentant de passage doit l'avoir laissé là.

— Il faut quand même que nous partions d'ici, dit Sammy. L'endroit s'appelle le *Motel de l'horreur*. Vous vous rappelez?

— R'ouais! ajoute Scooby.

— Mais non! dit Daphné. Le panneau lumineux était brisé. En fait, il s'appelle le Motel *du dormeur*.

— Et il y a un restaurant! ajoute Sammy, rassuré.

— R'un restaurant? se réjouit Scooby.

Un peu plus tard, Fred klaxonne.
— On arrive, Fred! lance Sammy. On avait besoin de collations pour le voyage!
— Scooby-Dooby-Doo!